KB095216

바람의 고향

동인문예 詩人選 003

바람의 고향

2024년 3월 13일 제1판 제1쇄 인쇄
2024년 3월 13일 제1판 제1쇄 발행

지은이   임유택
디자인/인쇄   동인문화사
등록번호   제 사144 호
주소   34571 대전광역시 동구 태전로131번길 2
전화   042-631-4165
팩스   042-633-4165
이메일   dongin71@daum.net

ISBN 979-11-88629-17-6

바람의 고향

임유택 시집

동인
문화사

　3년 전 첫 시집 '다 버렸기에 가난하여서'를 출간할 적엔 고령의 어머니가 계시다보니 마음이 급했었습니다. 어머니 생전 손에 들려드리고픈 작은 소망 때문이었죠. 그러다보니 정작 시집이 나왔을 땐 미흡한 부분이 눈에 거슬렸습니다.

　3년간 모은 시로 2집을 내지만 여전히 흡족한 마음은 들지 않습니다. 저희 13대조 백호공(白湖公)께서 시집(詩集)은 정(精)하고 간결(簡潔)해야 한다고 말씀하셨다는데 되지 않은 시로 독자들의 눈을 어지럽히지 않을까 두렵기도 합니다.

　몇 년 뒤에 나올지 모르지만 3집은 좀 더 깊이 있고 공감되는 시를 써야겠다는 다짐을 하게 됩니다. 이 책 읽으시는 모든 분들의 건강과 댁의 평안을 기원드립니다.

2024. 3. 13.

담하재(憺霞齋) 임유택

차 례

5   시인의 말

인생살이

12   이별

13   세월

14   추억 한 잎

15   보고 싶은 마음이었나

17   두 갈래 길

19   아무렴 모르랴

20   산책을 하다가

21   살아있는 지금

22   사소한 행복

23   둘이 가네

24   외래동물 다극화시대

25   죽음에 대해

26   봄은 지금도

27   뺄셈의 문화

28   돈오를 말해야 할 때

29   유품

30   이팝나무 잎사귀에

31   기도하는 마음이러니

32   탈나는 이유

33   클라인 병

34   행복

35   산고(産苦)

36   벗

37   하루

38   직지사의 종소리

39   동지(冬至)의 노래

40   해넘이 고개

역사의 뒤안

자연 속에서

42 공산성에 해 지면

43 태초의 인류가 되어

44 논개

45 가림성에서 옛날을

47 임청각 속삭임에 귀 기울여

48 늦은 밤 왕의 숲길에

49 그의 후예

50 문경 가은을 지나다가

51 석장리에서

52 어라하의 원림(園林)에서

53 궁남지 그날

54 정복왕 윌리엄

56 용화산 사자사

58 지리산

59 반룡송의 전설

61 정동진

62 메타세쿼이아 길

63 파천(巴川)

64 천년을 이래 살아서

65 만항재에서

66 아름다운 산하여

67 가을이 지는 소리

69 은행비 오는 길

70 메타세쿼이아의 조언

71 남해 금산

72 도솔암

73 화암사

74 파도, 충청수영에서

75 도마령에 와서

자연 속에서

76 부석사

77 만항재의 밤

78 평창 육백마지기

80 화암사의 추억

81 메타세쿼이아 숲

82 비오는 날 팔상전

83 대청호반에서

84 해당화

85 대원사 계곡의 밤

86 관세음의 말씀

87 작은 교회당

88 홍류동 계곡에서

89 농월정이라면

90 정취암

91 안반데기

92 정령치 단상

94 별 보러 갔다가

95 세월의 계곡

96 계곡에는

97 지리산 청학동

98 바람의 고향

99 용궐산에서

100 황강의 물안개

삶의 소묘

104 꽃바라기

105 화실의 밤

107 꿈에서라도

108 하회 그 사람

109 한마디 말도 못했었는데

110 가을

111 가을2

112 해님의 비밀

113 내가 나에게

115 신선의 모습

116 시(詩)

117 세상살이

118 고갯길

119 죽음은 언제나

120 흰 구름 되면

121 베아트리체

122 산

123 푸르른 날에

124 파레토 법칙

125 늙음의 기도

126 망중한(忙中閑)

127 왔다가 가는 것

128 배부름의 무게

129 연모(戀慕)

130 인연

131 화가와 시인

132 안개 낀 길

133 꿈속의 노래

134 탱자 세알

136 발문(跋文) / 송미순

인생살이

이별

나의 별리(別離)가 아니어도
이별은 이리 쓰린 것인가

서늘한 계절 깊어가는 스산함에
낙엽 하나 몸서리치네

감미로운 가을의 볕
온유한 그의 눈길도 묻어나

매운바람 눈보라 그친 후에
따사로움 품고 돌아오려나

세월

하나의 씨 움틔운다면
맛깔난 열매 맺기 기도하려네

부지런한 햇볕
처절한 기도 끝난 들에서
잔잔한 그리움 한 포기 뽑아

또 다른 하루 준비할
만찬의 식탁 차려내리니
반짝이는 촛불 하나
군침 도는 소박한 노래

그래 우린
좌절의 밥상에서
희망 한 숟갈 떠먹으며
살고 있었지

추억 한 잎

차라리 미치고파
질끈 감은 두 눈가에
살며시 피어나는
옛 님의 영상이여

사랑을 노래함은
먼 날들의 추억인 양
가뭇없이 사라져간
그리운 이야기여

또다시 소리쳐도
한(恨) 일랑은 남으련만
조용한 서러움에
굳어버린 발자욱

구름도 갈바람도
마침내는 가느니
추억 한 잎 세월 속에
아름답게 새겨두고

보고 싶은 마음이었나

말할 필요 있을까
바라보면 되는 거고
한줄기 미소로
족하지 않아

비 쏟아지면 쏟아지는 대로
눈 쌓이면 넉가래 들고
땀 송송이 무덤 되면
차 한 잔 달라 소리치는 겨

하늘이 미쳤고
땅이 물구나무 서
무얼 할라네 무얼 할라네
우리 몸 장작으로 쓰것지

얘기할 필요 있을까
극점 녹고 열대 겨울이 돼
우리 삶 여기인 걸

겨울 여름의 손잡아
오늘 결혼 한다는데

보고 싶은 마음이었나
마침내는 얼어버렸나

정말
보고 싶은 마음이었나
그러나
알고 싶지는 않았었네

두 갈래 길

맨날 겪어온 길인데
왜 낯설지
비 세차게 내려
햇볕 눈부시어 이 길이 달랐어

차암 그윽하네
젊어서 배짱 좋은 나뭇잎
혈기 방장하여
세상 휘어잡는 하루살이

비가 오네
그리움 촘촘히 심으며
바람 속삭이네
너 하나만 사랑했다고

맨날 쌈박질한 길인데
오늘 미안해지네
난 사랑한단 말도 못하는
바보였거든

못난이 같이 못난이 같이

살그머니 고백할게
너 하나만 사랑한다고

아무렴 모르랴

내 너를 사랑하는데
나 너를 연모하고

모르랴
모르랴

연모하여 닳고
사랑하여 녹아져도

내 너를 사랑하고
연모하다

불기둥 되는가
소금기둥 되고픈가

산책을 하다가

호젓한 숲길 산책을 하다
무심코 밟은 낙엽의
간드러진 웃음소리에
흠칫하고 놀랐다

사람도 땅도 가난에 지쳐
나무들 홑이불까지 빼앗아
아궁이를 덥히던 게 엊그제인데
나무 느긋한 표정이 정겨웠다

이삼십 년이 이럴진대
웅순이와 호순이 기도하던
그 시절 원시림은 어떤 모양일까
한숨에 즈믄 해가 지났으려나

다시금 숲길을 걸으며
걸음걸음 기도하게 된다
죽는 날까지 숲길 걷는 호사는
빼앗지 말아달라고

살아있는 지금

땅 푸르르고
하늘 눈부시네

무얼 할까나
너무도 고마워서
살아 있다는 거 그거

가슴 펄떡 펄떡 뛰고
행복감 머리 시원한 지금

지금 지금
너 그리고 나
이 땅에 살아있는 지금

사소한 행복

밤
그 아득함 속으로
그대 떠나보내고

그리움
작은 역 전당포에
내 시간 저당 잡히고

나
저문 하늘 아래
그대 기다리고

둘이 가네

알고 가는가
모르고 아픈 것인가

까닭 없는 길
둘이 가네

무얼 하러 가는가
누굴 찾으러 가는가

가는가 가는가
갔다가는 올 건가

말할 수 없어
그것이 아픔이었네

외래동물 다극화시대

발이 무거운 우리 님의 아픔을
주머니 속에서 고개 내민
새끼 두 마리 보고 알았다

덩치가 더 클 것 같은데
나올 생각 없는 새끼 두 마리
시대의 아픔인가

어딘가에선 밖에 나간
캥거루가 주머니 속으로
지 새끼까지 담은 채
들어갔다고 난리였다

외래동물 다극화시대
토종은 박물관에만 있는가
발이 무거운 우리 캥거루
단내 나는 이유가 그거였었네

죽음에 대해

못된 놈 뒈진 거 아니라면
아무렴 죽었다고
춤이야 추랴 춤이야 추랴

오는 것 기뻐 반기지만
가는 길 설웁지 않으랴
저무는 길 막막치 않으랴

해 뜨나 했는데
움 트는가 했더니
해 저물고 눈 나리는가
눈보라 휘몰아쳐 떠나가는가

염천이 그리워 염천이 그리워
태양 속으로
언제나 추억의 손 붙잡고 돌아오려나

돌아올 건가 돌아올 건가
그러나
가는 길 얼음이었네

봄은 지금도

어둠이 깊어야
해는 솟아오르고

산과 들 언 후에
생명의 씨앗은 움트는가

죽음을 동무 삼아
살아가는 세상

또 다른 죽음을 내려놓고
부활을 이야기하자

봄은 지금도
우리 곁에 찾아왔으니

뺄셈의 문화

정치를 생각하다
민족을 이야기하다
깜짝 놀라버렸다

덧셈 덧셈
진짜로 덧셈
그런데 나 자체가 뺄셈이었다

민족성인가
반도에 사는 사람 특성
비하가 아니다

깨버리자
뺄셈의 계산
나부터 더해 덧셈을 하자

돈오를 말해야 할 때

손에 들어온 것
절대로 놓지 않는 게
원숭이들 습성이라고

놓으면 그만인데
욕심 때문에
목숨 잃는 원숭이

난
욕심 비운
구름 한 점 될 수 있을까

놓으련다
놓아야 한다는 생각마저
놓으련다

하늘을 태우며 해가 저무네
구름 한 점 된 후엔
돈오를 말할 수 있을까

유품

집에 보관하던
어머니 유품을 정리했다

옷 양말 모자
쓰시던 책에 가방이며 신발

새록새록 추억이 묻어나고
이슬방울이 굴러다녔다

정리가 끝나고 보니
정작 치우지 못한 유품은 나였다

이팝나무 잎사귀에

이팝나무 푸르른 잎사귀에
주렁주렁 이밥 걸리면

부모 생전 이밥 한 사발
봉양 못한 불효자
눈 사이로 빗물 흐르고

흐드러진 이팝나무 꽃
화사하게 미소 지으면
때늦은 후회에 가슴 저리고

이팝나무 푸르른 잎사귀에
이밥 열리면
다시금 그리움에 갈 곳 모르고

기도하는 마음이러니

한 발자욱이라도
나아가게 하소서
단 한 발자욱이라도
내어딛게 하소서
백년의 호흡
천년의 숨기운 오롯이 모아
작은 발자욱
힘겹게 힘겹게 떼어지게 하소서
기도하는 마음이러니
절벽에 매어달린 한 팔
온 힘 다해 끌어당기듯
한 발자욱이라도
단 한 발자욱이라도
나아가게 하소서

탈나는 이유

너무 잘 하려다 보니
탈나는 거야

그냥 있는 그대로
얼마나 좋아

이쁜 얼굴 기초화장
산뜻하잖아

뜯어고쳐 봐야
조상님만 헷갈리지

클라인 병

네게 다가가는데
너를 만날 수 없고
내게 달려오는데
나를 찾을 수 없어

너와 나
접점의 끝은 어디인거니
다가가면 갈수록
멀어지는 이 자리

클라인 병
조물주의 형벌인가

나는 네게로
너는 다시 내게로
그림자조차 안 보이는
서글픈 풍경

행복

행복이란 게 별거 있나요
이슬 머금은 꽃 보며
짓궂은 바람 스치고 지나가면
빙그레 웃어주는 거죠

기쁨이라고 큰 게 있나요
맑은 공기에 행복해 하고
맛난 밥 가성비에
기분 좋게 지내는 거죠

산 너머로 구름 일어나
일출을 가리네요
서늘한 바람 타고
비바람 달려올까요
앳된 야생화들 샤워하며
콧노래 부르겠죠

오늘도 우린
행복을 만들며 살아가네요
행복이란 게 별거 있나요

산고(産苦)

산고(産苦)를 겪지 않고
아이 낳기 바라는
염치없는 마음이라니

진주 한 알도
거룩한 흔적인 것을
네 삶의 산고는 무어야

꽉 막힌 세상
몸 둘 곳 없는 암담함
이건 어때

한 발 옮길 힘도 없는
기진(氣盡)의 순간
일망무제 펼쳐진 파란 하늘

벗

풀숲
푸르던 잎사귀
비바람 함께 한 세월

거센 바람 맞고
세찬 비 겪은 후에
받아 든 훈장인가

돌아보니 친구야
너도
같은 모습이구나

옹기종기 풀잎들
세월 따라 퇴색하고
너 나 없이 늙어만 가고

하루

젊은 날
잠만 자던
고약한 시계바늘

어느 샌가
가속도 붙어
정신없이 달려가고

스치는 길가에
유난히 눈에 띄는
해묵은 기억

시간이 소중한 걸
알고 있었니
떨어뜨린 이슬 한 방울

직지사의 종소리

몸도 세상도 춥던 겨울이었다
한낮 눈 시리던 김천 황악산엔
늦은 오후 눈발이 날리더니
해질 무렵엔 함박눈이 내렸다

등산로에 사람은 보이지 않고
황악산 능선엔
소리 없이 나리는 눈과 어둠
그리고 나뿐이었다

그 때 고독
그 의미를 깨닫게 만들던
눈발 너머로 직지사에서
종소리가 은은하게 들려왔다

길을 잃은 이에게 필요한 게
거창할 이유는 없다고
내 마음 속에 간직하라던
해 저문 시간 직지사의 종소리

동지(冬至)의 노래

심연(深淵)의 바닥에서
굽이치는
산맥의 포효처럼

어둠의 한가운데
빛의 속삭임
조용히 긁어모아

세모(歲暮)의 끝자락에
두툼하게 매어달리니

튼실한 끈 사이로
배어나오는
따사로운 미소

영원히 살아
숨쉬며
황홀하게 피어나기를

해넘이 고개

칠흑(漆黑) 속에서
캐어낸 황홀함

계절의 끝에 선
아쉬움

비가 나리련가
바람의 휘파람인가

봄은 또 오고
우리네 뜰 위로
희망 살며시 자라나고

역사의 뒤안

공산성에 해 지면

공산성에 해 지면
곰나루 앞 강물
빠알갛게 얼굴 붉히면

님 배웅도 하지 못해
자책하던 세월
끄집어내 빨래를 하고

눈물 뿌리고 뿌려
가시는 길 먼지라도
가라앉힐 걸 가라앉힐 걸

울어 울어 강물도
마르지 못하고
또 처연하게 해만 내리면

태초의 인류가 되어

전기도 문명의 이기도
모두 내려놓고
자연 그대로의 모습으로
돌아가야 한다면

입은 것 모두 벗어두고
가진 것 없는 상태가
되어버리면

돌을 깨어 도끼를 만들까나
그 도끼로 나무를 찍어
쟁기질을 할까나

해 하품을 하며
잠자리에 들면
태초의 인류가 되어

가슴에서 솟아오르는
기쁨의 함성
원 없이 원 없이 질러 볼까나

논개

처연한 미소
아리따운 자태
가시 돋친 꽃이 아름답나니

적의 소굴된 땅
의암(義巖)에 올라서니
열 손가락엔 가락지

화려한 미소는
벌을 부르는
꽃의 말없는 속삭임

유유히 흐르던 물
원수의 허리 부둥켜안을 땐
깜짝 놀라 달아나고

님의 두 손
풀릴 줄도 몰랐었지
의사(義士)들의 대모(大母)였어

가림성에서 옛날을

사방이 훤히 보이네
그래서 쌓은 산성
꾹꾹 누른 사연
봉인 끄를 수야 없겠지

그래도
마지막 날
서럽디 설운 얘기
안 할 수야 없잖아

온 들 까맣게 몰려드는
원수(怨讐) 원수
나라가 뭐야 건길지가 뭐야
그러나 내 새끼 우리 가족

팽개치고 창을 들었나
원수(怨讐) 향해 돌을 들었나
머언 하늘이 흐릿하네
감기는 눈 새로 쓰러지는 전우

그예는 가는가
우리 같이 가는가
못 지켜서 미안했네
가림성 그 날

임청각 속삭임에 귀 기울여

앉을 용기는 없었지
사당 정자 사랑채 안채
마당에 내려서니
증기기관차 소리 들려오네

반가(班家)의 자존심 규중(閨中)의 추억
뻐~억 소리에 날아가고
울었나 통곡했나
그러나 혼이 돌아온다네

마당 뛰놀던 아이들
그때가 그리워
마당 가득 웃음 채운다네
서럽고 서러워 세상 하직하던 날

마음 가라앉히고
아이들 보러 웃음을 보러 돌아올 건가
조금 전이었네
눈물 한 방울 마당에 흩뿌리던 순간

늦은 밤 왕의 숲길에

늦은 밤 왕의 숲길에
벽제(辟除)소리 울려 퍼지고
할애비왕 손자 보러
오시는 소리

이른 새벽 왕의 숲길엔
다시금 부산한 발자욱소리
손자임금 그 조상님
배웅하느라 바쁜 소리

왕의 숲 사이에
두 임금님 이웃한 세월
낮에는 이따금 산 임금님
밤엔 가끔씩 죽은 어른들

오백년 적지 않은 시간 시간
나무들은 손꼽아 기억하려나
어느 어른 마음 더 따뜻하신지
바람 나무들에게 속삭이네
이따 또 오실 거라고

그의 후예

아등바등 챙기는 것
비 쏟아지고
처마 밑에서 먹는
설운 밥 한 숟가락

바람 세상 뒤집었다
다시 놓는데
삽질 부지런하여
환하게 미소 짓고

그려 고개 숙인 정의
머리 한번 쓰다듬어
미안한 마음 추스르고
허허롭게 인사하면

오늘 비바람
속삭이던 귀띔
우리 아니라고 할까
그의 후예이고 싶은 걸

문경 가은을 지나다가

농암 가는 길에
가은을 지나게 되었다
달리는 길 무심히 본 안내판
후백제 견훤왕의 유적

생각 없는 차 앞으로
산세는 꿈틀거리고
제왕은 하늘이 내는 건가
산 겹겹이 어디일까 그의 생가

천년 훌쩍 지나 시간은 가고
그의 체취 사라졌는데
그의 옛터는
아직 그를 기억할까

역사의 패자(敗者)라도 추억은 있고
못난 아들에 치어도 고향은 있네
푸른 하늘 아래
포효하는 제왕의 고향

석장리에서

누군가
나를 기억해준다는 거
얼마나 고마운가

석장리 앞 지나는 강물
여유로운 표정으로
미소 짓네

그 사람들 살던
그날에도
이래 강물은 웃곤 했겠지

춤을 추고
토라져 냉랭한 표정 위로
눈 수북이 보듬어주고

꽃 피었다 지고
계절이 울고 웃고
그래도 누군가 기억해준다는 거

그래도 누군가 찾아와준다는 거

어라하의 원림(園林)에서

뉘뇨
겁도 없이 겁도 없이
어라하의 원림(園林)
방자하게 내딛는 자

뉘뇨 뉘뇨
수양버들 날갯짓 사이로
피어나는
왕국의 추억 캐내는 이

이 땅은 낭만이 만들어 낸
그리움의 원림(原林)이었느니
몽환의 밤 감미로운 새벽에
하늘도 발그레 졌거늘

뉘뇨
동방삭 같이 동방삭 같이
세월을 거슬러 올라
마침내는 젊어지는 자

궁남지 그날

어라하
연못 조성하라
말씀하시던 그 날

물안개 피어오르는 새벽
어륙과 단 둘이
호숫가 거닐던 그 때

어라하
천년 뒤 만년 후
세상 바뀔 줄 몰랐을까

바뀌었네
아팠던 날 서러웠던 순간
말끔히 씻고

행복의 사연 꼽고 또 꼽아
이 세상 기쁜 일로
든실히 채울 때 그 때

정복왕 월리엄

영 왕실의 시조
정복왕 월리엄
노르망디 공작시절
옆 공국 공녀에게 청혼했다가

종년의 새끼가
주제도 모른다는
핀잔을 듣고
뚜껑이 열려 버렸었다고

옆 공국으로 쫓아가
공녀와 마주친 월리엄
머리채를 낚아채고
두들겨 패 초주검을 만들었다지

공녀의 아버지
쌍놈의 새끼 죽여 버린다고
칼을 뽑아들자
막아선 공녀 말을 했다네

'이 사람 아니면 결혼 안 해요'

희대의 미녀 흠씬 패버리고
결혼한 윌리엄
금슬이 좋아 금슬이 좋아
아들딸 많이도 낳았었대나

용화산 사자사

그 시절 사람이라구
산꼭대기 절 오르매
힘든 걸 몰랐것어

어륵께서 미륵사에
절 맹그는 거 소원이라
허실만두 했지

다 보이네 사자동천(獅子洞天)
올라서믄 맥힘 읎구
어디서든 눈에 보이지

부처님이 왼종일
지켜주구 기신디
사람들 뭐시가 두렵것어

자연 속에서

지리산

신선이 머물다
구름과 바람 예서 태어났나니
굽이쳐 흐르는 웅혼함에
무엇을 말 하리야

깊이 모를 골짜기 용트림에
달려가는 계곡물은
구름과 바람이 만들어낸
자연의 아들딸

얘들아
그건 모르지
녹음(綠陰)은 생명을 잉태하고
흐르는 물은 이끼를 싫어하느니

비바람 노래하고
눈보라의 기도 속에서
살아온
산은 지리산이야

반룡송의 전설

밤이 깊어 피워둔 불
하나 둘 꺼지고
하늘과 땅 묻어둔 사연
끄집어 낼 시간이면

메밀밭 춤을 추며
쏟아지는 파도파도
반룡송으로 몰려들고

기지개 켜는 저 용의
뻑적지근한 용트림을
소용돌이치는
용오름을 어쩌면 좋아

하늘과 땅 하나 된 순간
오늘의 증인은
창을 든 메기 대장과
작살을 쥔 새우 장군뿐

천년의 꿈 울어울어
하늘을 노닐다가

깊어가는 밤길 따라
파도는 메밀밭이 되어가고
용 소나무로 점점 변해가면

붉어지는 동녘으로
하루해는 떠오르고
어느 날부터인가
나무는 나이를 거꾸로 먹고

정동진

세시 정각이면
너를
만나러 가야 하리

막연한 그리움으로
말없이 백사장 걸어야 하리
파도소리 친구 삼아

수평선 너머 잊힌 이야기
살그머니 머리 내밀면
손에 든 추억 한 잎
아낌없이 나눠주고

세시 가까운 시간이면
너를 향해 달리는 기차
내 마음에 세워야 하리

메타세쿼이아 길

열병식에 가봤는가
묵묵한
거인들의 열병식

그곳에 가면
말없는 열병식이
끊임없이 거행된다

묵언의 구호
칼을 맞댄 거인들
정적

열병식의 진면목은
관중 없는 시간

비 흠뻑 맞으며
거인들 칼 빼들고
도열해 있을 때

파천(巴川)

푸른 산 파란하늘
너럭바위 맑은 물
거북이는 내려오다 멈추어
바위가 되고

시원한 바람 흰 구름
갔다가는 다시 모여
한가로이
신선 되어 노니는 곳

물 생각 없이 흐르다가
스치기 싫은 아쉬움에
멈춰 서려
한바탕 응석부리네

천년을 이래 살아서

표시 내는 거
잘난 척 하는 거
싫어서

조용히
말없이 말없이
천년을 이래 살아서

교룡이 서린
연못처럼
사람들 눈에조차
뜨이지 않게

기지개 조심스레 틀고
몸놀림 작게 한 것
반룡송의 일대기였나

보양 이목의 이야기처럼

만항재에서

이 고갯길은
눈이 시리게 투명한 날이
아니라면

구름과 안개가
뒤엉키어 황홀함의
조각보를 만들어낸다

연하늘과 진주황이
손을 잡으면
살며시 피어나는
감미로운 세레나데

시나브로 깊어지는
서러운 저 노래여
이 고개는
그리움을 만들려고 있는가 봐

아름다운 산하여

가슴이 빠개지도록
빠개지도록
울고 난 다음에 봐야 해

공산성 앞 흐르는 강물
빛나는 물결
유유자적 노니는 새 한 마리
햇살마저 멈추어 미소 짓네

하늘은 원래 울지 않아
푸르게 푸르게
미소 지을 줄만 안다데

온 마음 쏟아 울고 난 뒤
후련함처럼
햇볕 따사로운 우리네 땅

이 땅은 눈 시리게 눈 시리게
아름답다고

가을이 지는 소리

사라라락
가을이 지는 소리
사라라락
맨 산이 이불 덮는 소리

앙상한 가지 위로
구름 한쪽 매달려 하품하고
푸른 하늘
능선에 기대어 눈 붙이는 오후

두툼한 이불 푸근한 지붕
부러울 것 없는 풍경 속
허허롭게 매달려
흔들리는 게으름뱅이

고운 시간
소복이 내려앉을 때
더불어 온 누리 장식하려나

사라라락
가을이 지는 소리

사라라락
그리움 미소 짓는 소리

은행비 오는 길

은행비 오는 길
고개 숙여 걷는 한 사람

비 맞으며 걷는 길 위로
계절은 깊어져 가고

길가에 흐르는 건
치울 수 없는 그리움

바람 한바탕 불어 예면
은행비 한데 모여 수다 떨겠지

메타세쿼이아의 조언

나모냥
내 동무들모냥
한 길로 가라

여기 저기
한 눈 팔지 말고
오로지 한 길만 가라

명예도 욕심도
내려놓고 선 아침
얼굴 반기는 사랑스런 친구들

너도
너마저도 내려놓고
그냥 그냥 한 길로 가라

남해 금산

보살님 아리따운 모습도
볼 수 있다는
남해 금산은
한려수도 풍광이 일품이라지

그러나 그건
초심자들 입문의 경지
산신령님 그려내는
항라의 그윽함을 몰라서 그래

육백년 넘는 세월
창업의 제왕 선사한
비단을 펼쳐 보일 때 피어나는
몽환적 분위기라니

백라(白羅)같이
보일 듯 말 듯
어디선가 옷을 벗는
저 산의 자태 모르고 하는 소리지

도솔암

섬 너머
떠오르는 해

섬 사이로
저물어가는 태양

봄에도 여름에도
가을 겨울

손꼽았다 펴고
해 피었다 지고

화암사

시(詩) 대신
가난한 이야기가 흐르고

시냇물 위로
불법(佛法) 노래하며 노닌다지

화초 나무 어우러진 골짜기
산능선에 달려들고

꽃비 쏟아지는 문루 아래
담백하게 내려앉는 그리움 한 조각

산에 들에
너와 내 마음에 살포시 찾아오시니

그리운 별이 되어
영롱하게 웃으시니

파도, 충청수영에서

파도
내륙까지 내달리어
육지와 바다 어우러지고
지친 몸 육지에 기대
거친 호흡 가다듬을 새

고개 들면 아담한 성곽 하나
우스워 얼굴 돌리니
머리 잘린 산
근엄하게 모른 척 하네

어느 고을이라
간판 단 적 없지만
얌전히 앉은 차림새 좀 봐
저편 이편 달리는 대루
막기를 혔것어 거절 했것어

나라 위해 던진 핏방울
해 기울 적 미소 던지고
해묵은 나무 하나 그늘 앉히면
혼(魂) 심어 심어
이 땅 지키고 또 지켰지

도마령에 와서

삼복더위에도
이불이 필요하다는 걸
이른 밤 도마령에 와서 알았다

칠흑 같은 어둠의 의미
깊어가는 밤
도마령을 떠나며 알았다

달님이 구름을 껴안은
야릇한 황홀함에
발길이 늦어짐도 도마령에서였으니

오늘밤
웅돌이와 웅순이 숨바꼭질에
뜬눈으로 지새울까 안쓰러웠다

부석사

사과나무 출산 끝나고
지친 호흡 매끄러질 때 그때

무량수전 옆 언덕
삼층탑을 등지고
저물어가는 태양을 좀 보아

힘차던 모습 온데간데없이
처연한 저 모습을 좀 보아

서리가 맺힐 듯 말듯
서늘한 날 사과나무 가지에도
걸릴 것 같은 가녀린 모습

부석사
해질녘 그곳에 가면
햇님의 비밀 풀어낼 수 있음이니

만항재의 밤

풀벌레 소리
자연의 색 잔뜩 묻혀
지나가는 바람 그냥은 안 보내고

생각 잊은 야생화
달님께 건넨 손 편지 답장은 받으셨을까
벌레들의 합창 진중해지네

정암사 묵으시던 부처님
팔자에 없이 산신령하시는
불쌍한 우리 제왕 위로하러 오시려나

나도 할 말은 없어
사랑하는 우리 님께 사고치고 피난했거든
밤 깊어가고 할 말은 없고

만항재
우습게 보지 말라고
여름에 얼어 죽는 곳이 여기라니까

평창 육백마지기

구비 구비 산꼭대기에
천석꾼 계실 줄이야
거대한 풍차
돈키호테 기다리는가

쑥스러우면
커튼 살포시 내려
낮잠을 자고

야생화 사이로
바람 장난을 치면
비 살짝 뿌려 혼도 내주지

공기 해맑아
기분 좋으면 골짜기 새로
구름담요 깔아주고
운 좋으면
야생화들 일어나 합창도 한다네

별님 달님
따지지 말고 우리 님 모시고

가고 싶은 곳

운 나쁘게
로시난테 발자국소리 들리거들랑
부리나케 부리나케
도망을 치세

화암사의 추억

꽃비 흐드러지게
내리는 날
돌과 풀잎 고적함 온몸으로 느끼며

해 지는 늦은 오후
적묵당 마루
산 능선 처마 구름의 황홀경

말없는 사연
시간을 꽃 피운 화암사
하늘과 땅 살 떨리는 입맞춤

붉게 달아올라
타버리는 감미로움
날파리 날갯짓 혼을 담은 노래 부르고

메타세쿼이아 숲

메타세쿼이아 숲을
거닐어본다
흔들림 없이 가는
구도자(求道者)의 길
마침내는 나도
그 길을 찾아가겠지
바닥의 이파리들이
선배님 같다

비오는 날 팔상전

부처님 부처님
애기 부처님
하늘 끝까지
이어질 듯 거대한 벽

부처님 부처님
여덟 폭 그림
둘러 둘러 회개의 걸음
탑돌이 마음

땅 속으로 파고들어
거룩한 염원으로
하늘로 날아올라
죄를 벗어버리고

속세를 품은 산
그윽한 그리매
물안개 피어오르는
팔상전 겨드랑이 사이

대청호반에서

능곡지변(陵谷之變)
동네 감싸던 뒷동산
모래 소담한 강변이 되었네

강변에 버려진 상석
떠나간 주인
돌아올 날 기다리고

우두커니 주저앉은 산신단
신령님은 용왕님으로
직업을 바꾸셨을까

사람도 마을도
잊혀 처연한 오후
강변 스치는 바람의 속삭임

해당화

사막에도
사막에도 피어나는
한 떨기 꽃이려니

싱그러운
녹색의 이파리
불그레한 꽃잎의 노래

파도의 허밍
바람
살그머니 넣는 간주

사막에도
사막에도 시들어버린
청춘의 창틀에도

그예는 피어나
화사하게 노래하는
처연한 향연이려니

대원사 계곡의 밤

풍광은
눈에 보이지 않아도
구비 구비
도로 위 아래로 춤을 추어도

반달이
하릴없이 길을 물어도
냇물
밤을 새워 수다 떨어도

초여름밤
떨리도록 상쾌한 느낌은
부푸는 달
손에 닿을 듯 가까이 다가섬은

절간도
졸음에 겨워 고개 떨구고
고양이
주인인양 산책을 하고

관세음의 말씀

힘들고 외로운 이여
오라
내
너의 아픔 보듬어 주리니

하늘의 구름 걷어
아린 속 닦아주고
청정한 물 한 호리병
네 앞길 축원하여 뿌리리

마음 다쳐 서러운 이여
간절히 되뇌이라
이 세상 오로지
너를 위해 존재하느니

작은 교회당

빛 밝은 작은 교회당
모여 모여 설운 애기
땅이야 하늘 끝이야
빌고 또 빌러이니

홍류동 계곡에서

울창한 숲
멋을 아는 바위
그 새로 흐르는 물

계곡에 내려서면
깨끗한 물 마중 나오고

흐르는 물에 발을 맡기면
삼복의 더위
슬그머니 자리 비키네

옛 선비 흔적 서린
천년의 세월
돌이켜 보면 한 순간인 걸

농월정이라면

달 휘영청 밝은 날
물 거리낌 없이 달려가면

술 달님 멱살 곤두 잡아
앉힌 후에

계곡물 통행세 내어
여유롭게 노래하것지

태상노군 빈 잔 한잔 올리고
지신(地神) 불러 인사도 정겨워라

술 얼큰하여 모두가
기분 좋은 날이었네

정취암

구비 구비 산꼭대기
기암괴석 등에 업고
세상 굽어보는 절

절 앞 뜨락엔
세월 망라한 시인들
현란한 글 잔치

노송 한그루
노니는 흰 구름에게
쉬어가라 손짓하네

군데군데 그루터기
속세는 저 밑인데
도끼자루 문드러졌나

안반데기

구름이야 안개야
일하는 사람들
모습도 신령스럽네

푸른 꿈들의 노래
언덕 위로 아래로
장중한 합창 끊이지 않고

풍차 힘찬 지휘에 맞춰
구름도 몰려왔다
살그머니 달아나나

연주 클라이맥스는
연무 걷고 등장하는
주인공의 모습

그래
입 따악 벌리면 되는 거야
웃으면 되는 거야 웃어 봐

정령치 단상

내 이름 마니 낯설지
노고단 가까운
그 느무 성삼재 땜이
맹함 한번 내밀두 못혓잖어
그래두 내가 형인디

내 아무리 처박혔어두
맹색이 지리산 아니것어
속리산이구 월악산이구
갸들 키
내 모가지 밖에 더 댜

두문동재구 만항재구
나보다 쬐끔 더 커두
맨날 그 먼디루 갈 수야 있남
손 뻗어보라니까
은하수가 쏟아진다니까

반야봉 바루 앞에 있구
천왕봉 저그서 웃고 있잖어
천년의 시간 위루

저물어가는 하루

만복대의 일출은 또 어쩔 겨

별 보러 갔다가

정령치가 별 보기 좋다길래
구름 없는 저녁 고개에 올랐더니
시원하게 흐르는 은하수 따라
하늘 가득 별이 박혀 있었다
그 중 이쁜 놈 하나 눈에 들어
골라두었다 슬쩍 챙기려 했더니
웬수같은 그 놈의 키가 문제라
별이 박힌 곳 딱 한 치가 부족하네

세월의 계곡

계곡에 들어서면
물소리 바람소리
나뭇잎 뒤척이는 소리까지
자리 잡은 후에야
풋풋함 느낄 수 있는가

하늘을 바라보면
느긋한 나뭇잎
급하지 않은 숨 내어 품고
깊어가는 하늘에선
따사로운 볕 아낌도 없어라

오후의 태양 한가로운 걸음
짙은 잎 탈색하는데
세월의 생각은 또 다른가
풀벌레소리 경적 삼아
달려가기 여념 없네

계곡에는

계곡에는 물소리가 있어야지
따사로운 햇살과 산들바람
느긋함이 없으면 곤란하지

계곡에는 누가 뭐래도
풀벌레들 합창이 있어야 해
귀또리든 여치든 쉽 없는 합창이

그러나

계곡에는 님이 있어야 하리
천 만년을 한결같이 기다릴
그리움이 있어야지

지리산 청학동

길 말끔히 포장되어 있고
버스 시간되면 사람을 기다리지
도인의 모습 옛사람 정취
액자 속에서 웃고 있네
달에 도착한 기계
옥토끼 흔적 쫓는 작금의 풍경
작대기 대신 키보드 두드린다
비난하는 건 어불성설
코로나 훑고 간 아픔은
이곳이라 예외는 아니었네
덕분에 그 덕분에 호젓하여
도인 구름타고 내려오려나

바람의 고향

이곳은 바다의 신 주재하는
바람의 고향이거니

속세의 인간 허락 없이
다가설 곳 아니거늘

바람의 분노 깊어가는 밤
심하게 질책하니

세찬 노래 하늘에 바다에
가득차 울려

온 세상 깨끗하게 채우고
또 비우고

용궐산에서

강이 아직 강이 되지 못하고
설익은 강 되었을 때

산이 산임을 인식하지 못해
하늘 향해 기지개 켜고

사람이 사람의 도리 잊고
금수(禽獸)만도 못한 짓 하면

하늘 어이없어 구름 새로
열기 없는 볕 내려 보내지

황강의 물안개

산이 올라가길 원하듯
물은 길게 흘러가기를 바라느니
자유롭게 사는 삶
물이 원하는 작은 소망이라

늦은 가을의 이른 아침 나는
강이 흘리는 눈물을 보며
먹먹한 느낌에 말을 못하고
바라만 보았다

물은 낮은 데를 찾아
간구하고 또 간구하거늘
죄 없는 감옥살이
즐겁지마는 않음이라

겟세마네의 눈물인가
예정된 수형생활을 떠올리며
황강은 합천으로 향하며
울고 또 울어 옜다

가을 아침 떠오르는 햇살에

살그머니 피어난 황강의 눈물

일곱 가지 색깔로 반짝이어

다채롭기 그지없었다

삶의 소묘

김기철화백 작품

꽃바라기

이뤄도
못 이뤄도
영원한 로망일래

네 모습
어떤 찬사도
필요하지 않으리

화실의 밤

늦은 밤 불 꺼진 화실에
꽃 흐드러지게 피어나고
독특한 외모의 여인
밀어두었던 기지개 활짝 켠다

도덕경 손에 든 노인
수염 쓰다듬으며 내려와
가시덤불 뒤집어쓴 사내
손짓하며 불러냈다

시름에 잠긴 사내는 말을 잊었고
노인은 사내의 손을 끌어
구멍가게 앞 평상에 앉히고
말없이 소주잔만 건넨다

대작하는 노인과 사내 앞으로
꽃은 피었다 지고
하늘과 땅 환하게 노래하다
어느 순간 침묵했다

호랑이 눈빛을 닮은 달

서쪽하늘에서 꾸벅거리자
노인은 취한 사내 손잡고
어디론가 사라졌다

철이상회 그림 앞
빈 소주잔 두 개 나뒹굴고 있었다

꿈에서라도

당신의 모습
어찌 그리 반갑던지요
음성의 여운
아직도 맴도네요

슬픈 생각 들지 않아요
꿈에서라도
뵐 수 있어서

아침의 하늘
어찌 이리 정겨운지요
언젠가 당신
뵈올 수 있겠지요

하회 그 사람

하회에서
병산에서
함께 거닐었던 사람

산천은 두어 바퀴
풍광은 사뭇 달라
그 날이 아픈 건 아쉬움 때문

강물에 설움 한 움큼
살며시 띄우지만
쓸쓸함 한 조각은 어쩔 수 없어

헛제사 지내고
국시 건져내
철없던 삶 반성한 뒤엔

그 이에게
사과할 수 있을까
생각해 보니 너무도 늦었었네

한마디 말도 못했었는데

목이 말라 잠에서 깨어
무심코 창밖을 내다보다
깜짝 놀랐다

캄캄한 하늘에 빛나는 태양
두 눈을 의심하며 다시 보니
달님의 얼굴이다

달님도 얼굴을 단장하는
경우가 있긴 있구나
달력을 보니 열사흘인데

시름에 젖은 상처를 보듬으려
밤길 걷고 있을까
오늘 따라 달님의 걸음이
너무 빨라 서운해진다

난 아직 사랑한다 한마디 말도
못했었는데

가을

이렇게 깊은 마음으로
바라본다면

이렇게 따뜻한 미소로
감싸준다면

슬픔과 설움
분노와 좌절 발붙일 수 있을까

마음까지 너그러워
입은 옷마저 눈이 부시네

가을2

기다리게 해놓고
시나브로 사라져
애태우는 무정한 이름

눈이 부셔 실눈 뜨면
간 곳 없고
여운만 남아 있네

해님의 비밀

젊음을 느끼고 싶다면
두근두근 삶의 희열을
잊었다면

맑은 날 이른 새벽
눈을 떠 볼 일이다

해 흥분된 얼굴로
튀어 오르는 활기를
차곡차곡 채워 넣고 볼 일이다

해님은 부끄러움이 많으셨거니
주변까지 물들인 후에야
모습을 드러내는 사정까지도
생각하고 볼 일이다

내가 나에게

겸손도 모르는 것이
삶에 대해 말을 할 거나
눈물을 알지 못하며 무엇을 알아

춥나 추워
많이 많이도 춥지
바람도 없네
덥나 왜 이리 더운 겨

그려
알겠나 진짜 알겠어
추운 것 더운 것 남들은 달라

바람 매섭게 불고
한 맺혀 첩첩이 쌓인 눈
백년설이야 만년설이야

죽을 순 없으니
지옥에 가
지장전에 의탁할 거나

천상에 올라
태상노군 궁전에서
가쁜 숨 가라앉혀 볼거나

겸손을 알고픈 것
그것마저 사치였던 걸

신선의 모습

바람 살그머니 떼어
옷 한 벌 짓는다면

피어나는 구름 그대로
무늬를 새긴다면

바른편 옷자락엔
웅혼한 기지개를

왼편 옷소매엔
대지의 연애편지를

시(詩)

가슴 사무치는
한 구절로

아려 아려 잠 못 드는
한 단어로

천 년을 홀로 살아
피어나는 새 혼(魂)으로

죽음마저 거부하는
영원의 세계로

세상살이

생각을 하면 할수록
생각은 깊어지고

말은 거듭되면
실수만 느는 건가

잠자는 마음으로
입 꼭 다물고 산다면

평지에 물 흐르듯
세상도 조용해질까

고갯길

흐르는 산과
기어오르는 계곡이 만나
웅크리는 곳

쌓이고 쌓인 사연
제풀에 깜짝 놀라
잊힌 추억 끄집어내면

고갯길에서 숨 돌리던 바람
하늘 위까지 날아올라
부지런한 소문도 냈지

추억이 쌓여 흐르는 고개
구름 지나며 한 치 쌓이고
바람 속삭일 때 또다시 쌓여
그들의 이야기 한량없다고

죽음은 언제나

죽음은 다 오는데
나는 아니라 생각을 하고
세월은 달려가지만
내 시간 고민할 틈도 없어

저승사자 데리러 오기 전
무엇을 싸주고 나눠야 할까
할머니 손끝 어머니 얘기
잊지 못할 사람 없다 못하겠지

더위 지친 늦저녁 흐르는 바람
우리 이때를 기다렸어
비 나리고 눈 쌓인 풍경
그것보단 미소 짓는 노을이야

가네 가지
싫지만 거부할 수 없잖아
그래도
넉넉한 시간 붙들고 울었던
차 한 잔 얼마나 달콤하겠어

흰 구름 되면

나 죽어 흰 구름 되면
원하고 빌었던
짓궂은 형상이 되면

나 슬어 시원한 바람 되어
그대 이마에 맺힌 땀
살며시 식혀주면

감도는 사연 되어
추억 곁을 맴돌다
무지개로 미소 지으리

반짝이는 별이 되어
세레나데 선물하다
이쁘다 한마디 하고 가려나

베아트리체

삶과 죽음의 경계선인가
어디로 가야 하나
베아트리체

도토리 주워야 할
까닭 잃은 다람쥐
나무가 싫어 산이 싫어
투정부렸지

살아야 하는 게 이유라고
말없는 말
그것이었나

그대의 흔적 찾아 나서면
그 길은 몽환의 미로
베아트리체

어디로 걸어야 하나

산

시름번뇌
산 밑에 내려놓고

나무 사이
안개도 되었다가

해질녘이면
피어오르는 미소

저녁밥상엔
수북한 별들의 노래

푸르른 날에

너와 나
함께 하나니

하늘도 땅도
푸르른 날에

나 너
사랑하나니

하늘 이 땅에
사랑 고백한 날에

파레토 법칙

어느 순간
피해자란 생각이 뇌리를 쳤다

호구(虎口)짓 그만하고
인간(人間) 없는 곳으로 가자

머루랑 다래 먹고
고라니와 멧돼지 이웃해야겠다

흰 눈 쌓인 아침
문을 열면 태양의 환한 웃음

바람 노래 부르며
얼굴 쓰다듬고 자연의 일부된 나

사각 사각
눈 앙탈부리는 소리 자연과 하나

늙음의 기도

고집은 몽땅 거두시고
동정은 지우소서

호주머니 가득 또 가득
사랑을 챙기셔
끊임없이 끊임없이
나누고 또 나누게 하소서

베풀다 지쳐 하늘과 교환한 잔
누가 말하리오

이 땅에 하늘 저 아래
우리 이야기
차곡차곡 쌓인 사연
뭐라 하실까요

망중한(忙中閑)

바쁜 시간 살짝 쪼개
나누는 한가함

피어나는 구름은
조물주가 하사하신
작은 수채화

깊어가는 여름
매미울음 사이로
오수(午睡)에 잠기고

짙은 녹색의 바다
졸음에 겨워 눈을 비비네

왔다가 가는 것

바람이 그렇구
눈비가 그렇지

해가 그렇구
달두 그렇잖어

왔다가 가는 것
을마나 홀가분햐

햇볕 따사롭구
바람 참 시원허네

바람 새로 햇살 틈으루
이야기 한 폭 새겨 볼거나

배부름의 무게

훌훌 벗어버리고
녹슨 족쇄 풀어 던지고
시원하게 내닫노니
배부름의 무게 얼마였나
기름기 뺀
담백함으로 돌아오리니
석양에 물든
행복의 화신 되어

연모(戀慕)

하늘과 땅이
연모(戀慕)하는 사이였음은
강원도 심심산골
안개 속에서 알았다

일망무제 펼쳐진
지평선에서 느꼈던
냉랭함의 속사정은
깊은 그리움이었으니

하늘과 땅
말하지 못해도
서로를 향해 다가섬을
안개비가 귀띔했다

숨죽인 기다림
달아나는 안개
하늘과 땅
끌어안고 있음이라

인연

정해진 길 가는 걸
아니라 말할 수 있어

누군가는 신이 만드는 길
따라가는 거라 하드만

엎어 치나 메치나
왔던 것 같은 느낌은 뭐야

어차피 오늘 걸어간 길
되돌릴 방법 없잖아

사람이든 일이든 만난 건
또 하나의 인연(因緣)여

화가와 시인

화실에 들러 구경하다
작업 중인 화가와 대화를 나누었다

예사롭지 않은 눈매의 화가는
분열 아닌 통합을 이야기하며
예술인의 의무를 설파했다

얘기를 듣는 순간
작품 속 호랑이 눈매가
작가를 빼어 닮았음을 알게 되었다

내 시에 나의 모습이 투영됨은
당연한 이치
화가를 닮은 그림 시인의 자백록

안개 낀 길

안개 당당하게 자욱하여
하늘과 땅 서로에게
밀려놓은 속 이야기
하나씩 끄집어 내놓는 날

달리는 길 끝자락엔
우리 님 마중 나와 계시려나
그리움 내려앉은 길 옆으로
새초롬한 나뭇잎 고개 돌리네

삶과 죽음 뒤섞이고
사람과 귀신의 구분 사라지면
은은한 저 빛도
우리 모습 그림자 지우겠지

하늘 위에 땅 아래
빛과 그림자 자리 바꾸면
옳음과 그름 없이
환하게 웃는 길 펼쳐질까

꿈속의 노래

세월의 지나침이 너무 시려워
푸념 끝에 생각해낸
인디언 기우제

사람은 바뀌어도 마음은 같아
땅에서 하늘 끝까지
하나가 되리

해맑은 갓난아이 눈동자 모냥
무념무상 허허롭게
살아간다면

아침 해 영접해서 보내기까지
하루하루 순간순간
소중하겠지

탱자 세알

가람생가 초정 옆 탱자나무
깊어가는 가을 속으로
열매들은 내려앉고

반가움 마음에 담아
문학관 직원이 손에 쥐어준
아담한 탱자 세알

주인도 길손도 왔다가는 떠나고
봄과 가을 헤아리려
쏟아냈던 추억추억

깊어가는 가을볕 따사로워
다시 한 번 쏟아내고
내리는 계절 계절

생가는 멀어져도 가람은 있고
깊어가는 가을 속으로
탱자 세알 맴도는 여운

발문〔跋文〕

내가 처음 임유택 시인을 알게 된 것은 2019년 1월, 임 시인이 내가 사는 햇님아파트의 관리소장으로 부임해서였다. 2020년 초였던 것 같다. 햇님아파트 관리소장으로 재직 중이던 임 시인에게서 어느 날 설 명절 메시지를 받는데 읽어보니 예사롭지 않은 글 솜씨에 나는 답신을 보냈다.

"소장님, 글 쓰는 거 좋아하세요? 혹시 글 써놓으신 것 있으셔요?"

카톡을 보냈더니 시(詩)를 오래전부터 써왔다는 답장이 왔다. 시를 보내달라고 요청하여 보내온 시를 읽던 나는 깜짝 놀랐다.

'이 분은 시인이구나!'

그때부터 인연이 되어 임 시인이 문예마을에서 신인문학상을 받게 되었고 등단시킨 것이 벌써 4년이 지났다. 임유택 시인이 1집 "다 버렸기에 가난하여서"에 이어 3년 만에 2집 "바람의 고향"을 내면서 발문을 부탁해왔다. 임 시인의 등단과정을 처음부터 봐온 내가 적임자라는 것이었다.

임유택 시인은 어머니에 대한 효심이 가득했다. 어머니를 가까이에서 모시며 어머니 살아생전 첫 시집 "다 버렸기에 가난하여서"를 품에 안겨드린 후 6개월 뒤 시인의 어머니께서는 소천하셨다. 임 시인은 급하게 시집을 낸 까닭에 시집의 완성도에 아쉬움이 남는다고 하지만 살아생전 어머님 품에 안겨 드렸으니 이 또한 효도임을 알 수 있다.

시인의 어머님께서는 막내아들이 얼마나 사랑스럽고 자랑스러웠을까? 저승에서는 꽃길만으로 행복하실 것 같다. 나는 이런 임유택 시인을 존경하고 시인으로서 선비정신을 품고 있어 좋아한다. 나이는 나보다 적지만 참 자랑스럽고 훌륭하다.

첫 시집 "다 버렸기에 가난하여서"에 이어 두 번째 시집 "바람의 고향"이 우리 곁으로 찾아왔다. 나는 임유택 시인을 부처 같은 마음을 품은 진정한 선비의 정신으로 시를 쓰는 사람이라고 말하고 싶다.

발문에 참고하라면서 내민 시집을 훑어보니 108편의 시 중 첫 시의 제목이 "이별"이었다. 시집의 첫 번째 시가 '이별'은 좀 아닌 것 같아 시인의 진의를 파악하려 반복하여 음미해보니 깊은 뜻이 담겨 있었다.

　나의 별리(別離)가 아니어도
　이별은 이리 쓰린 것인가

　서늘한 계절 깊어가는 스산함에
　낙엽 하나 몸서리치네

감미로운 가을의 볕
온유한 그의 눈길도 묻어나

매운바람 눈보라 그친 후에
따사로움 품고 돌아오려나

- 이별 - 전문

  우리에게 만남이 있으면 이별이 있듯 계절도 가을이 지나면 겨울 속에서 봄을 기다리며 희망을 꿈꾼다. 마지막 4연 '매운바람 눈보라 그친 후에/따사로움 품고 돌아오려나//' 라고 외치듯 원 의미는 이별 후의 새로운 기다림이요, 희망인 것이다. 거자필반(去者必反)이다.
  "공산성에 해 지면"을 음미해 보자.

공산성에 해 지면
곰나루 앞 강물
빠알갛게 얼굴 붉히면

님 배웅도 하지 못해
자책하던 세월
끄집어내 빨래를 하고

눈물 뿌리고 뿌려
가시는 길 먼지라도

가라앉힐 걸 가라앉힐 걸

울어 울어 강물도
마르지 못하고
또 처연하게 해만 내리면

— 공산성에 해 지면 — 전문

시인의 "공산성에 해 지면"에는 아픔의 역사가 숨어있다. 임유택 시인 시의 특성은 숨겨진 시의 속살을 파헤쳤을 때라야 살그머니 고개 내미는 시의 진미(珍味)를 느낄 수 있다는 것이다.

시인은 "공산성에 해 지면" 3연에서 '눈물 뿌리고 뿌려/가시는 길 먼지라도/가라앉힐 걸 가라앉힐 걸//' 하고 울부짖으며 의자왕을 허망하게 떠나보낼 수밖에 없었던 백제 유민들의 아픔을 이야기하고 있다.

"정동진"에서는 '세시'를 강조한다. 왜 하필 세시일까? 정동진(正東津)이 '세시 방향'이기 때문이다.

다음 시는 "화실의 밤"이다.

늦은 밤 불 꺼진 화실에
꽃 흐드러지게 피어나고
독특한 외모의 여인
밀어두었던 기지개 활짝 켠다

도덕경 손에 든 노인
수염 쓰다듬으며 내려와
가시덤불 뒤집어쓴 사내
손짓하며 불러냈다

시름에 잠긴 사내는 말을 잊었고
노인은 사내의 손을 끌어
구멍가게 앞 평상에 앉히고
말없이 소주잔만 건넨다

대작하는 노인과 사내 앞으로
꽃은 피었다 지고
하늘과 땅 환하게 노래하다
어느 순간 침묵했다

호랑이 눈빛을 닮은 달
서쪽하늘에서 꾸벅거리자
노인은 취한 사내 손잡고
어디론가 사라졌다

철이상회 그림 앞
빈 소주잔 두 개 나뒹굴고 있었다

- 화실의 밤 - 전문

화가는 그림으로 표현하고 시인은 시로 말한다. "화실의 밤"은 여러 문인들이 함께 방문했던 전라북도 무주군 무주읍 김환태로에 있는 김기철 화백의 화실을 배경으로 쓴 작품이다. 일반인은 무심코 지나갈 화실의 작품들을 불러내어 시로 표현한 것이다. 한번 감상해 보자.

1연 2행에서 '꽃 흐드러지게 피어나고/독특한 외모의 여인/' 꽃은 꽃으로 보여준다. 목단꽃, 맨드라미, 해바라기.. 술람미 여인을 독특한 외모의 여인으로 묘사했고,

2연 '도덕경 손에 든 노인/수염 쓰다듬으며 내려와/가시덤불 뒤집어쓴 사내/손짓하며 불러냈다//' 노자와 예수님의 형체를 실감나게 표현했으며,

5연 '호랑이 눈빛을 닮은 달/'에서는 살아서 움직이는 듯한 호랑이의 눈빛이 서늘한 분위기를 자아낸다.

6연 '철이상회 그림 앞/빈 소주잔 두 개 나뒹굴고 있었다//'라고 "철이상회" 그림을 현실로 끌어들여 승화시키고 있다. 여기에서 시인의 시적 감각이 뛰어남을 엿볼 수 있다.

이렇게 임유택 시인의 두 번째 시집 '바람의 고향'에서는 시와 삶이 하나가 된 미학을 추구하는 임 시인의 시행(詩行)이 돋보인다. 자연을 노래하며 자연과 하나 되기를 열망하고, 그 속에서 꿈틀대는 생명과 섬세한 감성의 세계를 휘젓고 다닌다.

아직 보지 못한 세계, 무심하여 깨닫지 못했던 세계, 미처 느끼지 못한 세계를 이미저리(imagery) 하여 임유택 시인은 우리들 눈앞에 선보이고 있다. 자기만의 시를 진솔함과 오로지 한 가지 일에 몰두했던 조선의 선비 같은 모습으로 상상력의 극치를 보여준다.

두 번째 시집 "바람의 고향"의 발간을 진심으로 축하하며 앞으로도 독자들의 사랑을 받는 시를 많이 남겨주기를 기대해 본다.

2024. 3.

은경 송 미 순